Élisabeth

princesse à Versailles

Annie Jay

Illustré par Ariane Delrieu

Élisabeth
princesse à Versailles

9. Une lettre mystérieuse

Albin Michel Jeunesse

Élisabeth

Petite sœur du roi Louis XVI.

Louis XVI

Frère aîné d'Élisabeth,
roi de France de 1774 à 1793.

Marie-Antoinette

Épouse de Louis XVI,
plus jeune fille de l'impératrice
d'Autriche Marie-Thérèse.

Clotilde

Sœur
d'Élisabeth.

Biscuit

Chien
d'Élisabeth.

Madame de Marsan

Gouvernante
d'Élisabeth.

Madame de Mackau

Sous-gouvernante
d'Élisabeth.

Angélique de Mackau

Fille de Mme de Mackau
et meilleure amie d'Élisabeth.

Colin

Petit valet
d'Élisabeth.

Théo

Page,
ami d'Élisabeth.

Monsieur de Sainte-Colombe

Archiviste.

Guillaume

Page,
ami de Théo.

Arabelle

Fille
d'Oscar Fisher.

Josépha

Servante
d'Arabelle.

Dans les tomes précédents

La vie d'Élisabeth, petite sœur de Sa Majesté le roi Louis XVI, a complètement changé depuis l'arrivée de sa nouvelle gouvernante, Mme de Mackau. Libérée de l'emprise de la sévère Mme de Marsan, Élisabeth vit mille aventures avec sa meilleure amie, Angélique, son valet, Colin, et ses amis pages, Théo de Villebois et Guillaume de Formigier. Ensemble, ils mènent des enquêtes passionnantes. Ils ont ainsi retrouvé le tableau *La Dame à la rose*, aidé une jeune orpheline, déjoué un complot contre le roi et retrouvé un collier volé ! Dans ce tome, ils devront décrypter un code pour déchiffrer une mystérieuse lettre vieille de dix ans...

Chapitre 1

Château de Versailles,
juillet 1775.

Mme de Mackau agrippa son chapeau à deux mains avant qu'il ne s'envole. Ce coup de vent soudain l'avait surprise.

– Il nous faut rentrer, Madame, le temps tourne. N'oubliez pas que Mme de Marsan nous attend au château.

Mais la jeune princesse s'amusait tant qu'elle ne l'entendit pas. Ou plutôt, elle n'avait pas envie de l'entendre... Voilà plus d'une heure que, avec Angélique, Colin, Théo et Guillaume, ils faisaient voler des cerfs-volants.

Guillaume de Formigier, leur nouvel ami, était arrivé depuis peu à la Cour. Originaire du sud-ouest de la France, il venait d'entrer comme page à la Grande Écurie, où il avait fait la connaissance de Théophile de Villebois.

– Comme ils montent haut dans le ciel ! lança-t-il avec son accent du Midi. Et comme ils sont beaux !

Le cerf-volant d'Élisabeth était couvert de papier bleu, orné de fleurs de lys dorées, et suivi par une longue queue de rubans blancs. Elle l'avait fabriqué elle-même. Autant dire qu'il était tout bonnement royal !

Mme de Mackau, pour intéresser la princesse à la géométrie, avait trouvé cette astuce : les cerfs-volants étaient des jouets, certes, mais aussi des objets passionnants.

Élisabeth, Angélique et Colin, en les construisant, avaient ainsi étudié losanges et parallélogrammes sans même s'en rendre compte !

La rigide Mme de Marsan, la gouvernante des Enfants de France, avait tout d'abord trouvé cette idée stupide :

– Encore une de vos méthodes sans queue ni tête ! avait-elle déclaré à la sous-gouvernante. Les matières scientifiques doivent être enseignées sérieusement, madame, et non en s'amusant !

Mais, après avoir compris qu'Élisabeth était obligée de calculer les angles de chaque figure, puis de couper les armatures de bois léger aux bonnes dimensions, elle reconnut que ce genre de jeu se révélait très instructif.

– Encore quelques instants ! supplia Élisabeth.

– Oui, maman, renchérit Angélique, juste une minute !

Ils arrivaient au fin fond des jardins de Versailles. Après avoir abandonné leur calèche à la Ménagerie, ils s'étaient enfoncés dans un grand pré où paissait un troupeau de moutons. Les jeunes gens étaient si occupés à enrouler ou à dérouler leurs ficelles, en fonction du vent, qu'ils ne voyaient pas le temps passer.

Le losange jaune et violet d'Angélique montait de plus en plus haut, concurrencé par le parallélogramme rouge de Colin.

Bien qu'il ne soit qu'un valet, la sous-gouvernante n'avait pas eu le cœur de le priver de ce plaisir. Théo et Guillaume les encourageaient, le nez en l'air.

Élisabeth profita d'un coup de vent pour laisser filer sa corde. La princesse avait le visage rose de plaisir. Son losange bleu et or semblait se perdre dans les nuages !

– Regardez ! s'écria-t-elle en riant à gorge déployée. Mon cerf-volant est le plus haut ! Oh non !

Le fil venait de se rompre ! La bobine lui resta dans la main. Son beau cerf-volant lui avait échappé !

– Non ! répéta-t-elle, désespérée.

Les larmes lui montèrent aux yeux. Elle avait eu tant de mal à le fabriquer ! Elle en était si fière...

Colin rembobina la corde du sien pour le faire descendre, aussitôt imité par Angélique.

– Ne craignez rien, Madame, déclara Théo. Nous le récupérerons. Voyez, dit-il en montrant l'azur du doigt, il est en train de retomber...

La main en visière sur son front, Élisabeth observa le losange qui plongeait vers un petit bois.

– Il va se perdre dans les arbres ! Nous ne le retrouverons jamais !

Colin, qui détestait la voir triste, lui offrit le sien :

– Tenez. Je vous donne mon... pa... para... paralo...

– Parallélogramme, l'aida Angélique.

– Merci, tu es gentil, bougonna Élisabeth, mais c'est le mien que je veux !

Les deux pages se regardèrent.

– Allons le chercher ! proposa Théo.

Avant que Mme de Mackau ait pu le leur interdire, les cinq jeunes gens partirent en courant, Biscuit, le chien, trottinant derrière eux.

Ils arrivèrent à bout de souffle au petit bois, mais le losange bleu et or poursuivait sa descente, toujours plus loin. Alors ils continuèrent.

– Attendez-moi ! ordonna en vain la sous-gouvernante.

La pauvre femme ne parvenait plus à les suivre. Elle manqua même s'étaler sur une taupinière[1] ! Levant ses jupes à deux mains, elle reprit sa marche en faisant attention où elle mettait les pieds. Hélas, ses élèves étaient déjà hors de vue.

---

1. Petit monticule de terre qui se forme à la surface quand une taupe creuse sa galerie souterraine.

– Le voilà ! brailla Élisabeth en sautant de joie.

Son cerf-volant était accroché au sommet d'un grand chêne.

– Laissez-moi faire, déclara Colin. Je sais monter aux arbres comme personne ! Messieurs, demanda-t-il à Théo et à Guillaume, pouvez-vous me faire la courte échelle ?

– Tu es fou ! s'écria Angélique. Il est bien trop haut !

Personne ne l'écouta. Colin posait déjà ses pieds dans les mains jointes de Théo. Puis il se hissa et agrippa le tronc, auquel il grimpa. C'est vrai qu'il était habile ! Une minute plus tard, il se trouvait presque en haut... Mais la fine branche sur laquelle il venait de ramper ployait sous son poids...

– Descends ! ordonna Angélique. Tu vas te rompre le cou !

– Angélique a raison, c'est dangereux, reconnut enfin Élisabeth. Colin, descends ! Ce n'est qu'un jouet, j'en fabriquerai un autre !

Mais le petit valet continuait de progresser sur des branchages de plus en plus fins.

– Arrête, Colin !

– J'y suis presque…

Il tendit la main vers le losange bleu et or…
Il y eut un bruit sec. Le bois avait rompu sous
son poids ! Colin perdit l'équilibre en hurlant.
Il tomba, rebondissant sur le feuillage touffu du
chêne. La seconde suivante, il se retrouva allongé
au sol, ses amis penchés au-dessus de lui.

– Aïe !

– Tout ça, c'est de ma faute ! pleura Élisabeth.

– Où as-tu mal ? s'inquiéta Théo.

– Par... partout...

La princesse poussa un cri. Le bras de Colin saignait ! Guillaume le palpa en douceur avant d'annoncer :

– Il n'est pas cassé.

Puis il tâta les autres membres du valet.

– Ta cheville est foulée. Et tu as sûrement des côtes fêlées.

– Comment le ramener au château ? s'angoissa Élisabeth. Il lui faut des soins, et vite !

– Ah ça, soupira Théo en regardant en tous sens. Il faudra le porter...

Mais Colin, tout en grimaçant de douleur, les interrompit :

– Quand j'étais en haut, j'ai aperçu le toit d'une maison, à cent pas, du côté de la route de Versailles...

– Allons-y ! ordonna Élisabeth. Les habitants nous porteront secours. Angélique ! Peux-tu attendre ta mère ici ? Vous n'aurez qu'à retourner à la voiture toutes les deux et à nous rejoindre avec.

Mais son amie observait les alentours. Rester seule ici, en plein bois ? Cela ne lui disait vraiment rien.

Comme elle hésitait, Élisabeth insista :

– Ta mère arrivera dans quelques instants. Elle nous posera sûrement plein de questions. En plus, nous nous ferons disputer. Le mieux est que nous partions tout de suite. Messieurs, demanda-t-elle aux deux pages, pouvez-vous soutenir Colin ?

– Naturellement, Madame.

Théo et Guillaume soulevèrent avec précaution le jeune valet, qui ne put retenir des cris de douleur.

– Aïe ! Ma cheville ! Mon bras !

– Allons-y doucement, lança Théo.

– Regardez, poursuivit Guillaume, il y a un petit chemin, par là. Il doit mener à cette fameuse maison.

Élisabeth ramassa le chapeau de Colin, ainsi que son cerf-volant qui était tombé non loin.

– À tout à l'heure..., dit-elle à Angélique.

Et elle suivit les trois garçons, Biscuit trottant derrière elle.

Chapitre 2

Effectivement, une grosse bâtisse entourée d'un mur semblait avoir poussé au milieu des bois. Elle devait dater d'une bonne centaine d'années. Un portail de fer tout rouillé apparut. Il grinça d'un air sinistre lorsque Élisabeth le poussa.

– Où sommes-nous tombés ? On dirait le château de la Belle au bois dormant ! Voyez ce jardin... Voilà bien longtemps qu'il n'est plus entretenu... Même le chemin qui mène à la grand-route est plein d'herbes folles...

– Il y a quelqu'un ? cria Théo.

– Sûrement, déclara Guillaume. Certains volets sont ouverts.

– À l'aide !

Malgré leurs appels, personne ne sortit.

Élisabeth monta les marches du perron pour taper à l'entrée, puis, n'y tenant plus, elle souleva le loquet. La porte n'était pas fermée. Elle s'ouvrit sur un vestibule sombre au papier peint fané. Au fond, un escalier de bois se perdait dans l'obscurité...

– J'y vais ! souffla-t-elle.

Sur sa droite, elle découvrit un grand salon qui sentait le renfermé. On y avait recouvert tous les meubles de draps.

– Où sommes-nous tombés ? répéta-t-elle. Peut-être devrions-nous partir...

Elle commençait à prendre peur... Dans son dos, Biscuit se mit à aboyer furieusement !

– Attention ! s'écria Théo.

Élisabeth se retourna et sursauta. Un énorme chien, une espèce de gros monstre portant un collier clouté, venait de sortir de l'ombre ! Le poil hérissé, il montrait les dents. Cela n'empêcha pas Biscuit de sauter devant lui, tel un ressort, en jappant furieusement.

Élisabeth se mit à trembler. Son petit compagnon allait se faire dévorer tout cru !

– Biscuit ! cria-t-elle, terrorisée.

– Paix, Mignon ! ordonna une voix de femme.

Le molosse[2] s'assit bien gentiment. Il laissa même Biscuit le renifler sans réagir. «Mignon» ? C'était donc le nom de cette bête ?

Quelqu'un descendait l'escalier. Bientôt, les jeunes gens aperçurent une adolescente à la robe sombre, les cheveux châtains surmontés d'une coiffe de dentelle. Elle devait avoir 13 ou 14 ans. Visage crispé, elle s'emporta :

2. Gros chien de garde.

– Vous êtes dans une propriété privée ! Quel culot de venir nous déranger !

Puis son regard passa sur les trois garçons restés sur le perron. Ses yeux se posèrent sur la manche du valet.

– Doux Jésus ! Il saigne ! Entrez vite…

Elle se retourna et cria :

– Josépha, dépêche-toi !

Une vieille servante les rejoignit. Toute vêtue de noir, elle portait un chignon blanc serré sur la nuque.

– Qu'est-ce donc ? s'indigna-t-elle à son tour. Mademoiselle ne reçoit personne ! Partez, ou nous lâcherons le chien !

– Laisse, Josépha. Ce petit est blessé.

– Seigneur ! Mais c'est vrai ! Que vous est-il arrivé ?

Elle s'approcha. Vue de près, elle était si horrible que les garçons firent un pas en arrière. Une grosse verrue poilue lui avait poussé au menton et il ne lui restait plus qu'une dent sur le devant… Biscuit en grogna de peur !

– Tais-toi ! ordonna Élisabeth. Cette dame veut juste regarder la blessure de Colin.

Puis elle s'excusa :

– Nous sommes désolés d'être entrés sans permission. Nous avions grand besoin d'aide.

– Amenez-le au salon, demanda la jeune fille. Josépha ! Cours chercher de quoi soigner sa plaie.

La servante revint bientôt avec un flacon rempli d'une mixture verte, ainsi qu'un torchon propre. Mais Colin était si terrifié par la vieille qu'il fit « non » de la tête.

Élisabeth dut le rassurer :

– Que crains-tu ? Cette dame ne veut que ton bien…

– Vous croyez ? murmura-t-il. Et si c'était une…

– Une quoi ? ricana la domestique qui avait entendu.

Son nez touchait presque son menton. Elle semblait sortie tout droit d'un cauchemar ! Et ce fut pire lorsqu'elle commença à rire, révélant sa bouche édentée[3]...

– Une sorcière ? termina-t-elle. On me le répète si souvent, quand je vais au marché, que je n'y prends plus garde. Dépêche-toi, mauviette, montre-moi ton bras avant que tu mettes du sang partout...

Colin se laissa faire à contrecœur. Mais la femme avait des gestes sûrs et doux, et bientôt il se détendit. Tandis qu'elle désinfectait la plaie, les jeunes gens racontèrent leurs mésaventures.

– Vous vivez seules ici ? s'étonna Élisabeth. Comment vous appelez-vous ?

La demoiselle rougit violemment. Un instant, elle parut même paniquée. Puis elle répondit sèchement :

– Que vous importe mon nom ! Je ne vous ai pas demandé le vôtre, que je sache !

---

3. Qui n'a plus de dents.

Élisabeth, vexée par la réponse, préféra changer de conversation :

– Ma gouvernante ne tardera pas à nous rejoindre avec notre voiture.

– Une voiture ? Ici ? s'affola la jeune fille.

– Nous ne vous encombrerons pas long-temps. Nous partirons dès qu'elle sera arrivée.

– Mademoiselle Arabelle, demanda la servante, avec quoi allons-nous lui faire un pansement ? J'ai sali ce vieux torchon avec son sang...

L'adolescente sortit un mouchoir de sa poche. Il était encore plié.

– Voici qui fera l'affaire. Dépêche-toi, ajouta-t-elle d'un ton inquiet.

Bientôt, le tissu blanc fut noué autour du bras du garçon. Il était orné d'une jolie broderie en forme de couronne et des initiales A et F.

– À présent, déclara Josépha, passons à ta cheville...

Elle commençait à ôter la chaussure de Colin lorsque sa jeune maîtresse, qui avait gagné la fenêtre, s'écria :

– Votre voiture est là ! Partez, je vous prie. Je... je suis fatiguée.

Une lueur d'affolement se lisait dans ses yeux. De quoi avait-elle peur? Élisabeth haussa les épaules. Sans doute que, à force d'habiter au fond des bois, elle était devenue très timide. Ses parents devaient être absents et elle n'osait pas parler à des inconnus...

– Merci, mademoiselle Arabelle, lança Colin. Et merci aussi à vous, madame Josépha.

Guillaume et Théo l'aidèrent à se relever. Après avoir salué les deux femmes, ils commencèrent à descendre les marches du perron. Déjà, Mme de Mackau avait sauté de la voiture. Élisabeth se retourna pour remercier leurs curieuses hôtesses... mais la porte se referma sur elles avec un bruit sec.

– Eh bien, adieu, dit-elle. Qu'elles sont mal élevées ! ajouta-t-elle tout bas.

Chapitre 3

– Où étiez-vous passés ? s'écria Mme de Marsan lorsqu'ils rentrèrent tous ensemble au château.

Théo et Guillaume installèrent Colin sur une chaise et s'empressèrent de prendre congé[4]. La gouvernante ne semblait pas de bon poil, ils n'avaient aucune envie de s'attarder !

– Debout ! brailla-t-elle au valet. Vaurien ! Tu en prends vraiment à ton aise !

Les serviteurs ne devaient pas s'asseoir devant leurs maîtres. Colin, malgré la douleur, se leva en hâte.

---

4. Saluer quelqu'un avant de quitter un lieu.

– Il est souffrant, tenta de l'excuser Mme de Mackau. Il a fait une chute…

La gouvernante des Enfants de France pinça les lèvres et observa le garçon. Il boitait. La manche de sa veste bleue était déchirée et maculée de sang. Aussitôt, elle le disputa :

– As-tu vu dans quel état tu as mis ton uniforme ? Sais-tu combien il coûte ? Ah çà ! Si on ne peut pas le nettoyer et le raccommoder, tu le rembourseras !

Colin eut un haut-le-cœur. Il n'avait pas d'argent. Tout son salaire servait à nourrir sa famille.

– Ce petit a besoin de se reposer, poursuivit Mme de Mackau.

– Et puis quoi encore ! Il me paraît aller très bien. Qu'il continue son travail !

Comme Colin s'apprêtait à répliquer, Élisabeth détourna l'attention de la gouvernante :

– Vous nous cherchiez ?

– Avez-vous oublié que nous devions rendre visite à votre belle-sœur, madame la comtesse d'Artois ? Sa Majesté la reine et Madame Clotilde, votre sœur, sont parties sans vous !

Élisabeth mit aussitôt les mains devant sa bouche d'un air gêné. C'est vrai qu'elle avait promis d'aller voir l'épouse de son frère Charles-Philippe, enceinte de huit mois.

À vrai dire, rendre visite à Marie-Thérèse était une vraie corvée. La princesse de 19 ans était douce et sensible, mais aussi terriblement timide. Elle n'aimait guère discuter, n'appréciait pas le grand air, ni les chevaux, ni chanter, ni faire de la musique, ni s'amuser... Elle passait tout son temps libre dans sa chambre à lire ou à prier. Élisabeth, par gentillesse, se forçait à la supporter. Elle lui préférait mille fois son autre belle-sœur, la reine Marie-Antoinette, si vive et si gaie.

– Comment se porte-t-elle ? demanda Élisabeth.

– Plutôt bien. Les médecins sont satisfaits. Elle mettra son bébé au monde dans moins d'un mois.

La gouvernante se tut un instant avant de poursuivre d'un ton acide :

– Espérons que ce sera un garçon...

– Et pourquoi donc ? s'étonna Élisabeth.

– Parce que... Sa Majesté la reine Marie-Antoinette ne semble guère douée pour avoir des enfants. Elle est mariée depuis cinq ans et n'a pas encore donné d'héritier au trône. Or, la France a besoin d'un petit prince.

Puis, sourcils froncés, elle poursuivit :

– Votre frère, le roi, devrait songer à la répudier[5] pour prendre une autre épouse...

Mme de Marsan détestait Marie-Antoinette. Plus le temps passait, et moins elle le cachait. Élisabeth en devint rouge de colère ! Aussitôt, Mme de Mackau s'interposa d'une voix douce :

– Sa Majesté la reine est encore bien jeune. Elle sort à peine de l'enfance.

5. Renvoyer. Lorsqu'un couple royal ne parvenait pas à avoir d'enfants, le roi pouvait faire annuler le mariage et prendre une nouvelle épouse.

La gouvernante soupira et lui tourna le dos. De nouveau, elle fixa le petit valet. Ses yeux tombèrent sur le mouchoir noué à son bras en guise de bandage. Elle l'observa avec une mine dégoûtée, puis sursauta :

– Qu'est-ce donc que cette chose ?

– Un pansement, répondit Élisabeth avec agacement. Colin est blessé.

– Oui, je le vois bien. Mais qu'y a-t-il brodé dessus ? Ne dirait-on pas une sorte de couronne, avec des initiales en dessous ? Je connais ce dessin...

– Naturellement, beaucoup de gens ont des blasons avec des couronnes !

– Je le sais, répliqua sèchement la femme. Mais celui-ci ne m'est pas inconnu. Cette couronne en demi-lune était autrefois l'emblème d'un horloger du roi très renommé... Enfin, ricana-t-elle, ce Fisher était surtout un fieffé voleur ! Où avez-vous trouvé ce mouchoir ?

Élisabeth chercha du regard l'avis de Mme de Mackau. Elle ne voulait pas que la sous-gouvernante ait des problèmes à cause d'elle. Elle pesa ses mots et répondit avec réticence :

– Dans une maison, dans les bois. Une demoiselle et sa vieille servante ont soigné Colin.

– Il s'agit de la fille de cet escroc, assurément ! Je vous interdis de remettre les pieds chez ces gens. Ils ne sont pas recommandables. Et ne discutez pas ! Hâtez-vous plutôt d'aller voir votre belle-sœur pour vous excuser ! Madame de Mackau, accompagnez-la tout de suite !

Chapitre 4

Élisabeth revint une heure plus tard en soupirant.

– Ta belle-sœur va bien ? s'enquit Angélique.

– Oui. Mais Marie-Thérèse est si énervante... Elle caresse son gros ventre avec des sourires idiots et lance sans cesse des « mon fils » par-ci, « mon prince » par-là.

– Un fils ? Comment peut-elle en être sûre ?

– Une diseuse de bonne aventure lui a prédit que ce serait un garçon et qu'il aurait une grande destinée. Depuis, elle rend grâce à Dieu toutes les trois phrases...

Comme le goûter venait d'être servi, elle s'affala sur sa chaise et attrapa une tranche de brioche. Tout en la dévorant à belles dents, elle demanda :

– Que pensez-vous de ce qu'a raconté Mme de Marsan à propos de la maison des bois ?

Angélique se versa un verre de limonade :

– Ses habitantes avaient l'air vraiment bizarre.

– Mais cela ne veut pas dire que ce sont des voleuses !

– Vous avez raison toutes les deux, intervint Mme de Mackau. Même si elles semblaient étranges, ces dames vous ont accueillis et ont soigné Colin.

– Bien sûr ! lança le valet. En plus, c'est le père de la demoiselle, qui est un voleur !

La sous-gouvernante, malgré les ordres de sa supérieure, l'avait autorisé à s'asseoir près de la porte pour soulager sa cheville blessée.

– Pourquoi devrait-on accuser sa fille de ses crimes ? poursuivit-il. En tout cas, moi je n'ai rien promis. Dès que j'irai mieux, je retournerai lui rendre son mouchoir...

– J'irai avec toi, approuva Élisabeth.

Mme de Mackau fronça les sourcils :

– Je crains que cela ne plaise guère à Mme de Marsan...

La princesse baissa le nez et se mit à bougonner :

– Moi non plus, je n'ai rien promis... Et puis j'aimerais en connaître plus sur cette Arabelle. Où est passé son père, ce Fisher ? Qu'a-t-il volé de si important ? Le savez-vous, madame ?

– Non. Angélique et moi ne sommes à la Cour que depuis un an.

Comme les servantes débarrassaient la table, elle commanda aux deux filles :

– Prenez vos livres. Madame, vous deviez terminer *Les Voyages de Gulliver*[6] hier. Vous ne

---

6. Roman anglais de Jonathan Swift, publié en 1726.

l'avez pas fait. Et n'oubliez pas que je vous ai demandé de me le résumer par écrit.

Agacée, Élisabeth soupira. Ce roman lui plaisait assez, mais qu'avait-elle besoin d'en faire un résumé ? Pour elle, c'était du temps perdu.

– Entendu…, ronchonna-t-elle.

Elle s'installa dans un fauteuil douillet et commença à tourner les pages. Angélique ne tarda pas à la rejoindre avec un recueil de poèmes. Mais la princesse n'avait pas la tête à

la lecture. Tout en faisant semblant de lire, elle réfléchissait: comment en savoir plus sur ce Fisher? Arabelle, si seule et si triste, l'intriguait.

Qui aurait pu la renseigner?

Tout à coup, elle afficha un sourire victorieux. Elle savait où trouver des informations! Elle continua à tourner les pages, sans pour autant les lire. Dix minutes plus tard, elle arrivait à la dernière.

– J'ai terminé! s'écria-t-elle.

– Déjà?

Élisabeth se leva d'un bond:

– Ce livre était vraiment très bien! Oh... je me souviens d'en avoir aperçu un exemplaire, avec des illustrations, chez notre vieil ami l'archiviste, M. de Sainte-Colombe[7]. Puis-je lui rendre visite pour le lui emprunter?

Mme de Mackau sourit, ravie de voir que son élève semblait enfin s'intéresser à la littérature:

---

7. Un archiviste est une personne qui conserve, classe et étudie des documents importants. M. de Sainte-Colombe est un cousin éloigné de Guillaume de Formigier.Voir tome 7, *La Couronne de Charlemagne*.

– Pourquoi pas ? Je vous accompagne...

– Inutile ! Son bureau est à deux pas, sous les toits de notre bâtiment. Angélique viendra avec moi... Colin, reste. Tu dois te reposer.

Son amie ouvrit des yeux ronds. Cependant, elle posa son livre et se dépêcha de la suivre.

– Je suis sûre que tu as menti à ma mère ! souffla-t-elle dès qu'elles furent hors de vue.

– Juste un peu. C'est vrai que ce Gulliver vit de drôles d'aventures...

– Réponds-moi ! Pourquoi veux-tu voir M. de Sainte-Colombe ?

– Parce que... parce qu'il est très âgé, et qu'il connaît tout le monde. C'est un peu la mémoire vivante de Versailles. Je suis certaine qu'il pourra nous renseigner sur ce Fisher et sa fille, Arabelle.

Quelques minutes plus tard, un petit vieillard haut comme deux pommes leur ouvrait la porte avec un grand sourire édenté. Comme à son ordinaire, il portait une longue perruque frisée et démodée. Il retira ses bésicles[8] de son nez et les fit entrer.

– Pardonnez le désordre, Madame, dit-il en se courbant sur ses jambes branlantes. Je travaille en ce moment sur des dossiers fort intéressants, mais bien encombrants...

---

8. Ancêtres des lunettes. Les bésicles se tenaient à la main ou se pinçaient sur le nez.

L'archiviste conservait et étudiait de très nombreux documents ayant trait à l'histoire du château ou de la famille royale. Il connaissait énormément de choses.

– Que puis-je pour vous ? ajouta-t-il.

Élisabeth attaqua sans attendre :

– Nous avons rencontré une demoiselle qui habite une vieille maison à l'orée des bois, entre la Ménagerie et la grand-route... Son père, un certain M. Fisher, aurait volé quelque chose. Savez-vous de quoi il s'agit ?

L'homme se gratta la tête, ou plutôt il gratta sa longue perruque, les yeux perdus au plafond. Puis il esquissa un sourire :

– Voilà des années que je n'avais pas entendu ce nom ! J'ai connu autrefois cet Oscar Fisher... un merveilleux horloger. Il avait quitté la Suisse pour venir travailler à Paris. Il y devint bientôt très célèbre ! Il fabriquait des montres exceptionnelles, garnies de pierres précieuses, que l'Europe entière s'arrachait. Ces pièces uniques valaient des fortunes.

Il s'arrêta un instant et gagna en clopinant un siège, où il s'affala avec un soupir de soulagement :

– Excusez-moi, Madame, je suis fatigué. L'étiquette[9] m'interdit de m'asseoir devant vous, une Fille de France, mais mes vieux os me font tellement souffrir...

– Faites, s'empressa de le rassurer Élisabeth. Nous sommes entre nous, personne ne le saura.

– Prenez place, je vous prie. L'histoire risque d'être longue.

Les deux filles débarrassèrent les documents qui s'entassaient sur les chaises. Une fois installées, elles attendirent la suite.

– Donc, reprit le vieillard, si mes souvenirs sont bons, Oscar Fisher avait reçu commande

---

9. Règlement très strict que l'on suivait à la Cour.

de Louis XV, votre grand-père, d'une montre merveilleuse. C'était il y a dix ans. Le roi comptait l'offrir à l'empereur Joseph II. Cette montre était ronde, incrustée de diamants et de rubis, et pendue au bout d'une chaîne d'or. Lorsqu'on l'ouvrait, le mécanisme d'une boîte à musique se déclenchait. Un vrai chef-d'œuvre ! Oscar Fisher décida de la livrer lui-même en Autriche. Il partit avec son meilleur ouvrier, en cachant le bijou sur lui. Seulement... un beau matin, alors qu'ils étaient arrivés à Vienne, l'employé découvrit la chambre de son maître vide. Fisher avait disparu en emportant ses bagages et le cadeau du roi de France.

– Alors, souffla Angélique, c'était bien un escroc ?

– Ou, réfléchit Élisabeth, on l'aura tué pour le voler ?

Le vieil homme soupira :

– On aurait retrouvé son cadavre. Et il n'est jamais rentré en France. La police autrichienne rechercha l'horloger, sans résultat. Louis XV en fut fou de rage ! Ce bijou lui avait coûté très cher. Pour se rembourser, il s'empara d'une bonne partie de la fortune des Fisher.

– Et sa fille, Arabelle ? Qu'en savez-vous ?

– La famille Fisher avait perdu sa réputation. La femme d'Oscar n'eut bientôt plus aucune ressource. Elle mourut peu après de chagrin. Jamais elle n'a cru à la fuite de son époux. Je suppose que leur enfant doit être très malheureuse.

Cette histoire était vraiment triste. Élisabeth se leva. Elle allait sortir, mais se retourna :

– Vous qui l'avez connu, comment était-il, ce Fisher ?

– C'était un vrai artiste, un génie de la mécanique ! Bon, cultivé, passionné de littérature, doux. Enfin, en apparence. En réalité, il nous a bien trompés !

– Et ce livre que vous deviez emprunter ? s'étonna Mme de Mackau en les voyant rentrer les mains vides.

– Euh…, nous nous sommes mis à discuter, et j'ai complètement oublié de le lui demander.

Le pire, c'est que c'était vrai !

– Madame…, soupira la sous-gouvernante. Où avez-vous donc la tête ?

Élisabeth se mordit les lèvres. Mme de Mackau lui faisait confiance. Quelquefois, la princesse en abusait. Elle se promit aussitôt de terminer *Les Voyages de Gulliver* le soir même dans son lit, et d'en faire le résumé dès le lendemain. Enfin… plutôt le surlendemain, car elle avait des projets plus urgents…

– Demain, demanda-t-elle en se tortillant, pourrions-nous retourner voir Mlle Fisher ?

– Es-tu folle ? la reprit Angélique. Tu sais bien que Mme de Marsan nous l'a interdit !

– Mais, se défendit Élisabeth, cette demoiselle est si solitaire ! Nous pourrions la remercier en lui apportant quelques douceurs, des gâteaux, des bonbons, ou encore une corbeille de fruits. Nous ne resterions que quelques minutes...

Elle prit un air si suppliant que la sous-gouvernante accepta. Élisabeth avait bon cœur. Pourquoi lui refuser ce plaisir ?

– Entendu, Madame. Mais seulement quelques instants. Vous savez combien Mme de Marsan peut être désagréable quand nous lui désobéissons. Je crains déjà à tout instant qu'elle ne découvre notre Colin assis...

Depuis quelques semaines, tous les prétextes semblaient bons à la gouvernante pour réprimander Mme de Mackau. À tel point qu'Élisabeth était persuadée qu'elle cherchait à la renvoyer.

Pour le moment, elle préparait Clotilde à son futur rôle d'épouse et de reine. La pauvre princesse de 15 ans travaillait sans relâche. Élisabeth ne la voyait plus. Mme de Marsan ne lui accordait aucun répit, tant elle voulait que son élève soit parfaite.

Cependant, dès que Clotilde serait partie pour le Piémont, la gouvernante aurait tout son temps pour s'occuper d'Élisabeth. Mme de Mackau ne lui servirait plus à rien...

– Promis ! lança la princesse. Nous ne dérangerons Arabelle que quelques instants. Mme de Marsan ne pourra rien nous reprocher, hormis d'être trop polies !

Chapitre 5

Ils partirent le lendemain après-midi sous un soleil éclatant. Élisabeth avait obtenu l'autorisation de se rendre chez Arabelle Fisher à cheval. Vêtue de sa belle amazone[10] bleue et coiffée d'un petit chapeau à plumes, elle chevauchait sa jument, Framboise. Angélique, Théo et Guillaume la suivaient sur leurs montures. Les jeunes gens avaient fière allure ! La princesse adorait faire de l'équitation. Elle riait en sentant le vent sur son visage.

Derrière eux se trouvait la calèche découverte de Mme de Mackau. Elle tenait Biscuit

---

10. Jupe très large que portaient les femmes pour monter à cheval.

sur ses genoux, tandis que Colin, son bras blessé en écharpe, s'était assis à côté du cocher.

Ils s'arrêtèrent devant la maison des bois et se consultèrent du regard.

– Nous aurions peut-être dû leur faire porter un mot? lança Angélique. Et si Arabelle refusait de nous recevoir?

– Nous verrons bien, répondit Élisabeth. Attendez au portail, je vais frapper à l'entrée.

– Non, répliqua la sous-gouvernante. Je suis une adulte. C'est à moi de le faire!

Mais Élisabeth insista:

– Justement! Elle ne vous connaît pas et restera cachée. Elle sera sans doute moins timide si elle m'aperçoit, moi, derrière les carreaux.

À peine eut-elle gravi les marches du perron que la vieille servante ouvrit la porte. Elle était aussi horrible que la veille, avec sa verrue poilue, son nez crochu et sa bouche ornée d'une unique dent jaune. Mignon, l'énorme molosse,

la bouscula, les babines dégoulinantes de bave,
pour venir renifler la visiteuse...

– Oooh... Retenez vite ce monstre ! supplia
Élisabeth d'une voix apeurée.

Elle eut tout à coup envie de s'enfuir, tant
son sang s'était glacé dans ses veines ! Sa dernière heure était sûrement arrivée, Mignon
allait la dévorer toute crue ! Mais non, voilà
qu'il remuait la queue, poussant des couine-
ments de joie. Et la vieille servante était aussi
heureuse que le chien !

– Mais, c'est la petite demoiselle d'hier !
lança-t-elle. Comment se porte notre blessé ?

Elle aperçut le reste de la troupe caché derrière le portail entrouvert :

– Eh bien, entrez ! Vous êtes les bienvenus.
Mademoiselle Arabelle ! cria-t-elle. Nous
avons de la visite !

Quelques minutes plus tard, Josépha avait
ôté des meubles leurs housses de drap blanc.

Les sièges du salon étaient usés et démodés, mais ils semblaient très confortables. Puis elle ouvrit les volets en grand, afin que la lumière se déverse dans la pièce : l'endroit parut se réveiller d'un long sommeil.

Tout d'abord, Arabelle ne bougea pas de la porte, le visage pâle, l'air effrayé. Élisabeth, la voyant si affolée, alla vers elle pour lui prendre les mains :

– Nous vous devons beaucoup, mademoiselle. Merci de nous avoir aidés, hier.

Théo s'approcha pour lui remettre avec une courbette une magnifique corbeille débordant de fruits.

– Ils viennent du potager du roi, expliqua-t-il. Madame Élisabeth l'a fait préparer pour vous.

La pauvre Arabelle semblait confuse. Elle le fut plus encore lorsqu'elle comprit qui étaient sa visiteuse et ses amis. De blanche, elle devint écarlate.

– Je vous en... prie, bafouilla-t-elle. Nous n'avons... fait que... notre devoir...

Puis, se tournant vers la servante, elle demanda :

– Josépha, nous reste-t-il un peu de thé ou de café ?

– Non, mademoiselle. Voilà bien longtemps que nous n'en avons plus. Mais je peux vous servir une excellente infusion de tilleul mêlé de menthe et sucrée au miel.

– Ce sera parfait ! la remercia Mme de Mackau.

Quelques minutes plus tard, Arabelle Fisher se détendit enfin. Élisabeth en profita pour lui poser des questions sur ses parents. Comme la jeune fille semblait de nouveau prête à s'enfuir, elle la rassura :

– M. de Sainte-Colombe, qui est archiviste au château, a connu votre père, autrefois. Il nous a déclaré qu'il était un véritable génie, bon et honnête. Personnellement, je ne le crois pas coupable de ce dont on l'accuse.

Arabelle s'enflamma aussitôt :

– Je suis sûre qu'il est innocent ! Jamais il ne nous aurait abandonnées, ma mère et moi.

De plus, nous étions riches. Qu'avait-il besoin de voler un bijou pour s'enrichir davantage ? Il lui sera sans doute arrivé un accident... Peut-être a-t-il perdu la mémoire ?

– Mais, s'étonna Mme de Mackau, n'a-t-il pas écrit à votre maman ?

– Bien sûr que si ! Mon père transportait souvent sur lui de grosses sommes d'argent ou des pierres précieuses qu'il allait acheter en Hollande. Il ne faisait confiance qu'à Germain Bricard, son meilleur ouvrier. Par précaution, il ne donnait jamais son itinéraire à personne, de peur d'être attaqué et dépouillé. Avec ma mère, ils avaient pris l'habitude de correspondre grâce à un code secret.

– Un code ? répéta Angélique, intriguée. Mais, si votre maman recevait de ses nouvelles...

– Elle n'a pu décrypter sa dernière lettre, la coupa Arabelle, les larmes aux yeux. J'étais bien jeune à l'époque, je n'avais que 4 ans. Ma mère est morte lorsque j'en eus 5... Depuis, je suis seule au monde. Bah ! Qu'importe cette lettre ! De toute façon, savoir ce qu'elle contient ne me rendra ni mes parents, ni mon honneur !

Josépha, qui revenait de la cuisine, l'avait entendue :

–Je suis sûre que le mystère serait résolu si on pouvait en comprendre le sens. Dans ses courriers, mon maître commençait toujours par indiquer les initiales du titre d'un livre. Puis venaient des nombres qui correspondaient, je crois, à des numéros de pages et à des mots. En fait... nous avons reçu trois lettres après le départ de Monsieur, où il nous écrivait que tout allait bien. Puis plus rien. Un mois sans nouvelles. Nous étions fort inquiètes. Autant vous dire que ma maîtresse tomba des nues[11] quand un message de Germain Bricard lui annonça que son époux avait disparu à Vienne ! Lorsque l'ouvrier est

---

11. « Tomber des nues » signifie être très surpris.

rentré d'Autriche, sa première visite a été pour nous. Hélas, il ne nous apprit rien de plus. Le lendemain de sa visite, nous avons reçu cette fameuse dernière lettre... Dame ! C'est que le courrier met beaucoup de temps pour venir d'Autriche, surtout en hiver, avec toute cette neige sur les routes ! Ma maîtresse était folle de joie ! Seulement, elle ne trouva pas le livre correspondant aux initiales. C'était la première fois que son époux les utilisait... Du coup, elle ne parvint pas à décrypter le message.

Un an plus tard, la pauvre en mourut de chagrin, tant elle était désespérée de se voir abandonnée. En plus, le roi a exigé qu'on le rembourse, et nous n'avions plus un sou...

Les yeux d'Arabelle s'étaient de nouveau emplis de larmes. Tous dans la pièce baissaient le nez d'un air désolé. Après quelques instants de silence, l'adolescente enchaîna :

– C'est grâce à Germain que nous pouvons vivre. Mon père lui avait enseigné tout son savoir, et il est devenu à son tour un horloger très riche et très célèbre. Chaque mois, il nous donne un peu d'argent. Cette bonne Josépha s'est occupée de moi. Lorsque j'eus 9 ans, Germain Bricard m'a inscrite dans un couvent, afin que je suive des études. J'en suis sortie voilà quinze jours. Mais, ajouta-t-elle dans un sanglot, je n'ai point d'avenir ! Aucun homme ne m'épousera, je suis sans dot[12] et sans honneur ! Et puis je ne peux déménager... Si mon père revenait, il ne saurait pas où me trouver. Je n'ai plus qu'à mourir vieille fille dans cette maison lugubre !

---

12. Biens donnés par les parents d'une jeune fille à la famille de son futur mari.

Après une hésitation, Élisabeth se lança :

– Ce dernier message, pouvons-nous le voir ? Sans vouloir me vanter, nous sommes plutôt habiles pour décrypter les codes...

– Je monte le chercher ! s'écria Josépha.

Lorsqu'elle redescendit, les visiteurs découvrirent un étrange papier. En haut étaient notées cinq lettres, « LDMDS ». Ensuite, « Ma chère femme », et en dessous s'étalaient de longues colonnes de nombres...

– Pouvons-nous vous l'emprunter ? Je vous promets d'en prendre soin.

– Naturellement, accepta Arabelle en reniflant.

Mme de Mackau se leva, un peu gênée :

– Nous allons vous laisser... Ma pauvre enfant, si nous pouvons vous aider, n'hésitez pas à faire appel à nous.

Colin clopina jusqu'à la jeune fille pour lui rendre son mouchoir lavé et repassé :

– Mademoiselle, je ne suis guère riche. Mais si vous cherchez un mari, je vous épouserai volontiers, même sans dot, lorsque je serai grand...

Arabelle éclata de rire avant de plonger son nez rougi dans le mouchoir. Puis elle se reprit et lui répondit dignement :

– Monsieur Colin, vous êtes un vrai chevalier. Merci. Si vous le voulez, nous en reparlerons dans quelques années.

Chapitre 6

De retour au château, les jeunes gens se regroupèrent pour étudier le document.

– Donc, résuma Élisabeth, les cinq lettres correspondent au titre d'un livre. Quant aux nombres, ils doivent renvoyer à des pages ou à des mots de cet ouvrage.

– Sans le titre, poursuivit Angélique, nous n'arriverons à rien.

– Eh bien, proposa Guillaume, trouvons quelqu'un qui a une grande bibliothèque et cherchons tous les titres dont les initiales sont LDMDS.

– Bien vu ! apprécia Mme de Mackau. Madame Élisabeth en possède une cinquantaine. Vous pourriez commencer par ceux-ci.

– Évidemment !

Et tous partirent en courant vers le meuble où l'on gardait les ouvrages. Hélas, ils en revinrent très déçus.

– Rien…, pesta Élisabeth. Et si je regardais chez Clotilde ? Elle adore lire. En plus, voilà deux jours que je ne l'ai pas vue.

Mais Mme de Mackau la reprit :

– Vous risquez d'être mal reçue. Mme de Marsan prépare votre sœur pour son mariage avec le prince de Piémont-Sardaigne. Elle l'oblige à apprendre l'italien sans relâche, afin qu'elle parle sa future langue sans accent…

– Je ne la dérangerai qu'un instant ! promit Élisabeth. Attendez-moi, je reviens.

Colin lui ouvrit, et elle s'élança dans le couloir qui menait aux appartements, tout proches, de sa sœur. Son salon était vide, mais du bruit lui parvenait de sa chambre. Elle en poussa la porte et resta bouche bée.

Elle arrivait en plein essayage de robe de mariée ! Clotilde ne portait que ses sous-vêtements. Les servantes attachaient sur son torse un corset renforcé de baleines d'acier. Elles se mirent à deux pour tirer les lacets qui le fermaient dans son dos. Clotilde en cria de douleur !

– Vous m'étouffez !

– Assez ! la disputa Mme de Marsan. Je ne supporte plus de vous entendre geindre ! Combien de fois devrai-je vous répéter que c'est pour votre bien ?

Élisabeth elle aussi en eut le souffle coupé. Pauvre Clotilde ! Elle souffrait d'embonpoint. Or, la mode voulait que les femmes soient souples, gracieuses et minces... On avait beau la comprimer dans un corset pour rendre sa

taille plus fine, elle ne parvenait qu'à être ridicule, le visage rouge à force de ne plus pouvoir respirer...

Voilà que Clotilde s'agrippait au lit, tandis que les domestiques tiraient de plus en plus fort ! L'une d'elles posa son genou dans son dos pour serrer encore davantage.

– Arrêtez ! se plaignit Clotilde. Je n'en puis plus ! Je vais m'évanouir !

– Non, insista Mme de Marsan. Sa taille n'est pas assez mince. Continuez !

Pour Élisabeth, c'en fut trop ! Elle bouscula les servantes et vint se planter devant la gouvernante.

– Allez-vous cesser de martyriser ma sœur ? Clotilde est un peu ronde, et alors ? Est-ce un crime ?

De surprise, les femmes de chambre lâchèrent les lacets, ce qui permit à la princesse de reprendre son souffle. Mais

Mme de Marsan, vexée d'être contredite devant les domestiques, était devenue folle de colère.

– Petite insolente ! Ne comprenez-vous pas qu'elle doit paraître mince pour son mariage ? Avez-vous vu sa robe ?

Et elle se tourna vers une tenue somptueuse posée sur un fauteuil.

– Elle est magnifique. Mais votre sœur, en la portant, sera hideuse si nous ne serrons pas son corset ! Les courtisans se moqueront d'elle ! Ah ça ! Si elle était moins gourmande, elle ne serait pas si grosse ! Si on m'avait écoutée, on l'aurait mise à la diète depuis longtemps !

– Vous êtes méchante ! Clotilde, par gentillesse, accepte tout, et vous en profitez pour la maltraiter !

– Oh !!! Sortez tout de suite, effrontée. Vous n'avez rien à faire ici !

Élisabeth en avait presque oublié ce pour quoi elle était venue. Elle respira un bon coup pour recouvrer son calme et demanda :

– J'ai besoin d'un livre. Puis-je l'emprunter ?

– Allez-y, ordonna Mme de Marsan du bout des lèvres. Vous direz à Mme de Mackau que j'ai à lui parler de votre comportement.

C'était une menace.

– Je n'y manquerai pas, fanfaronna Élisabeth.

Bah ! pensa-t-elle. Elle recevrait sans doute une punition pour son insolence. Ce ne serait jamais qu'une de plus !

Et elle parcourut les rayonnages sans plus s'en préoccuper. Hélas, aucun titre ne contenait les initiales LDMDS. Encore raté !

Alors qu'elle allait sortir, elle croisa le regard de Clotilde... Comme elle avait l'air désespéré ! N'y tenant plus, Elisabeth s'écria :

– Je le dirai à mon frère, que l'on martyrise notre sœur !

Et elle s'enfuit à toutes jambes.

– Alors, demanda Angélique, tu as trouvé quelque chose d'intéressant ?

– Rien.

Puis, après un soupir, elle ajouta :

– Si j'essayais la bibliothèque de mon frère, le roi ? Il possède la plus belle du château.

Et elle pensa aussitôt qu'elle en profiterait pour lui raconter comment on traitait leur sœur. Louis-Auguste n'aimait pas la gouvernante. Lorsqu'il était enfant, elle le méprisait : elle le trouvait trop lent et trop timide. Il saurait défendre Clotilde.

– Mme de Marsan interdit que vous le dérangiez, lui rappela Mme de Mackau.

La princesse se mordit les lèvres, avant d'insister :

– Oui, mais...

– Pas de mais, je vous prie. Je finirai par être renvoyée si vous continuez à n'en faire qu'à votre tête.

– D'accord. Alors, qu'allons-nous faire ?

Chapitre 7

Tous se mirent à réfléchir. Dans le silence du salon, on n'entendit plus que le tic-tac de l'horloge. Soudain, quelqu'un frappa à la porte. Colin, en boitant, se dépêcha d'ouvrir. Un inconnu vêtu d'une riche veste verte et les cheveux coiffés d'une perruque se tenait devant eux, son chapeau à la main. Il se pencha dans une courbette et se présenta :

– Je me nomme Germain Bricard. Je viens de rendre visite à ma petite protégée, Mlle Arabelle Fisher. Elle m'a appris que vous aviez emporté la dernière lettre de son père...

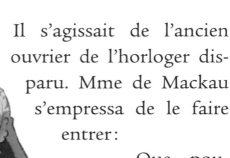

Il s'agissait de l'ancien ouvrier de l'horloger disparu. Mme de Mackau s'empressa de le faire entrer:

– Que pouvons-nous pour vous?

L'homme paraissait mal à l'aise. Il se racla la gorge et expliqua:

– Arabelle dit que vous voulez l'aider. C'est très aimable de votre part, mais vous risquez de lui donner de faux espoirs. Oscar Fisher s'est enfui avec la montre de l'empereur Joseph II il y a dix ans. J'en suis témoin. Revenir sur cette vieille histoire ne fera que raviver le chagrin d'Arabelle.

Élisabeth leva son visage vers lui pour répondre avec sérieux :

– Si nous décryptons ce courrier, Arabelle saura pourquoi son père l'a abandonnée, et peut-être même l'endroit où il se trouve. Si elle connaissait la vérité, je suis sûre qu'elle serait moins triste.

L'horloger aperçut la lettre sur la table. Sans demander l'autorisation, il s'en saisit :

– J'aurais dû la détruire lorsque Mme Fisher est morte, clama-t-il. Elle n'a causé que trop de malheur !

Et avant que quiconque ait pu l'en empêcher, il la déchira en menus morceaux. Dans la pièce, tous se mirent à crier :

– Êtes-vous fou ? tempêta Élisabeth. Nous avions promis de la rendre à Arabelle !

– Les choses sont mieux ainsi, répliqua sèchement Bricard en jetant les morceaux. Cessez de vous occuper d'Arabelle ! Je le

fais parfaitement sans l'aide de qui que ce soit.

Élisabeth était si furieuse qu'elle ordonna, en montrant la porte :

– Sortez de chez moi, monsieur ! Je vous trouve bien insolent de me parler sur ce ton ! Ne suis-je pas la sœur de votre roi ?

– Madame Élisabeth a raison, renchérit Mme de Mackau. Sortez, ou j'appelle les gardes !

L'horloger salua, le visage fermé, et fit demi-tour. Quelques secondes plus tard, il avait disparu.

– Quel sans-gêne ! Qu'allons-nous dire à Arabelle ? La lettre est détruite...

– Eh bien, proposa Angélique, recollons-la. Il n'a fait que la déchirer.

– C'est vrai !

Et Élisabeth se mit à genoux pour en ramasser les morceaux. Bricard les avait jetés en l'air, ils s'étaient éparpillés un peu partout sur le parquet et le tapis. Bientôt, tous l'imitèrent, cherchant à quatre pattes le moindre bout de papier sous les sièges et jusque sous les commodes.

– Mais, réfléchit-elle tout haut, nous n'avons pas de colle...

– Fabriquons-en ! répondit en riant Mme de Mackau. Rien de plus simple. Que pourrions-nous utiliser ? demanda-t-elle aux jeunes gens en faisant semblant de réfléchir.

– De la farine ? lança Théo. Je crois que la servante de ma mère s'en sert pour coller les étiquettes sur les bocaux de confitures.

– Vous avez raison, monsieur de Villebois. Et quoi d'autre ?

– Du sel ? proposa à son tour Guillaume.

– Non, monsieur de Formigier, pensez plutôt à la pâtisserie...

– Du beurre ? s'étonna Élisabeth.

La sous-gouvernante se mit à rire.

– Notre papier ne serait pas beau à voir, taché avec du beurre. Cherchez encore !

– Du sucre ? Ma foi, ce serait vraiment étrange, comme recette...

– Et pourtant, c'est tout ce qu'il nous faut. Avec de l'eau. Je vais chercher de quoi en préparer. Pendant ce temps, tâchez de reconstituer la lettre sur la table.

Fabriquer la colle fut très drôle. Armée d'une petite casserole, Mme de Mackau s'ac-

croupit devant la cheminée. Elle commença
par mettre de la farine, ajouta un peu de
sucre en poudre et, enfin, un verre d'eau. Elle
remua le tout avec une cuillère jusqu'à ce que
le mélange épaississe et ressemble à une sorte
de crème.

– Notre colle est prête, annonça-t-elle. À présent, collons les morceaux un par un sur une feuille neuve.

Il leur fallut une bonne heure pour y parvenir, entrecoupée par un excellent goûter et beaucoup de rires !

Le résultat était parfait. Enfin presque, car certains nombres, coupés en deux, n'étaient plus trop lisibles.

– Pal mal ! lança fièrement Élisabeth.

Mais il était temps pour Théo et Guillaume, les deux pages, de regagner leur école. Ils saluèrent, chapeau bas, et partirent en promettant de revenir dès le lendemain après-midi.

– Comment découvrir le titre du livre ? soupira Angélique alors que sa mère rendait les ustensiles de cuisine à une servante.

– Je crois que j'ai une idée, déclara Élisabeth avec un sourire rusé.

C'était, hélas, le genre de sourire qu'elle avait lorsqu'elle s'apprêtait à faire une bêtise...

– Qu'as-tu en tête ? s'angoissa son amie.

– Ne t'inquiète pas, ta mère ne risquera pas de perdre sa place. Viens, je vais te raconter.

Chapitre 8

Le lendemain matin, à 9 h 30, le cours de français commença. Un horrible cours de français, comme seul l'abbé de Montégut savait en dispenser.

Tout de noir vêtu, et coiffé d'une courte perruque blanche, il ouvrit un gros dossier de cuir et annonça :

– Aujourd'hui, nous allons faire un peu de grammaire. Madame Élisabeth, pouvez-vous me conjuguer le verbe « falloir » au présent ?

Il la regarda, avec l'air de dire : « Cette petite peste en est bien incapable. »

Pour lui, Élisabeth n'était qu'une insolente, doublée d'une paresseuse. Elle avait beau faire des efforts, il n'était jamais satisfait.

Et, effectivement, Élisabeth n'avait pas la moindre idée de ce dont il parlait.

Elle réfléchit. «Falloir»? Qu'est-ce donc que ce verbe? Elle tenta de le conjuguer: «je fallois, tu fallois»... Cela ne voulait rien dire!

La princesse n'était guère douée en grammaire. Elle avait appris à lire et à écrire très tard, à l'âge de 8 ans. Avant, elle avait refusé tout net, ce qui avait beaucoup énervé Mme de Marsan.

Élisabeth se voyait encore en train de lui hurler dans les oreilles : « Cela ne me servira à rien ! Je suis une Fille de France. Je possède de nombreux serviteurs qui liront et écriront pour moi ! » Aujourd'hui, elle avait honte de s'être conduite de façon aussi capricieuse.

C'est sa sœur Clotilde, la gentille Clotilde, qui lui avait enseigné tout cela sous forme de jeu, avec beaucoup de patience.

– « Falloir » ? Ouille, ouille, ouille, souffla-t-elle d'un air accablé.

Voyant qu'elle ne pouvait répondre, l'abbé expliqua avec suffisance :

– « Falloir » est un verbe particulier, Madame. Il ne se conjugue qu'à la troisième personne. Au présent, cela donne : « il faut ».

– Oh..., fit-elle mine de s'extasier. C'est très intéressant. À présent, à moi de vous poser une question...

– Comment ? s'indigna-t-il.

Mme de Mackau, craignant une insolence de son élève, allait intervenir, lorsque sa fille la supplia d'un geste de se taire.

– Eh bien, oui, expliqua Élisabeth. Montrez-moi combien vous êtes savant. Un professeur aussi intelligent que vous devrait pouvoir répondre à ma question sans aucun problème...

– Ah mais ! s'indigna-t-il de nouveau. Vous faites exprès de me flatter ! C'est inadmissible !

– Non, monsieur l'abbé. Je pense réellement que vous êtes le seul, ici, à pouvoir résoudre ce problème.

L'homme ouvrit de grands yeux étonnés. Pour une fois, la « petite peste » ne semblait pas se moquer de lui.

– Allons-y, clama-t-il en levant fièrement le menton. Il est vrai que je suis très cultivé. Il n'y a guère, au château, qu'une ou deux

personnes qui le soient davantage que moi.
Mais... que gagnerai-je à ce jeu?

– Euuuuh...

À vrai dire, Élisabeth ne s'y attendait pas!
Voilà qu'il réclamait une récompense. Elle
réfléchit à peine et proposa:

– Si vous répondez juste, je promets d'apprendre par cœur le verbe « falloir » à tous les
temps.

– Entendu, approuva le professeur. Posez
votre question.

– Quel titre de livre comporte les initiales
LDMDS, dans cet ordre.

L'homme la regarda, éberlué.

– Ah çà..., marmonna-t-il.

Il se gratta le menton, indécis. Puis, les
mains dans le dos, il se mit à marcher de long
en large dans la pièce. Au bout d'une inter-
minable minute, il se tourna vers la princesse
avec un sourire de triomphe:

– Nous avons bien dit «falloir» à tous les temps?

– Oui, monsieur l'abbé, tous.

– Hé, hé, hé! La réponse est: *Lettres de Madame de Sévigné.* Vous devriez les lire. Cette grande dame y raconte avec humour tous les potins de la Cour de votre illustre ancêtre Louis XIV.

Élisabeth en fut réellement impressionnée! Et pas seulement elle. Colin, Angélique et même la sous-gouvernante n'en revenaient pas.

– Bravo, monsieur l'abbé. C'est incroyable!

L'homme se rengorgea, le torse bombé, les joues roses de plaisir. D'un coup, il eut l'air moins rigide que d'ordinaire, et surtout beaucoup plus humain. Hélas, cela ne dura guère!

– Reprenons! lança-t-il tout à coup en retrouvant son visage sévère.

Lorsque l'heure de la récréation arriva, Élisabeth poussa un soupir de soulagement. Elle s'isola sur la terrasse avec Angélique.

– Où trouverons-nous les *Lettres de Madame de Sévigné*? Je ne peux me rendre chez mon frère... Ah, mais je pourrais essayer ma belle-sœur Marie-Antoinette ! Je sais qu'elle possède une bibliothèque avec de très nombreux ouvrages. J'en profiterai pour lui donner une lettre pour Louis-Auguste. Il faut qu'il apprenne ce que subit Clotilde ! Allons-y !

– Tu vas encore avoir des ennuis...

– Je m'en moque ! Quel genre de personne serais-je si je laissais ma sœur être martyrisée ?

Elle rentra et écrivit rapidement un mot sur une feuille qu'elle plia en quatre.

Le temps de demander la permission à Mme de Mackau, et les deux filles partirent en courant à l'autre bout du château. Après s'être fait annoncer par une femme de chambre, la princesse fut autorisée à entrer seule dans un petit salon privé.

– Attends-moi, murmura-t-elle à Angélique. Je n'en ai pas pour longtemps.

Élisabeth découvrit Marie-Antoinette en train de broder d'un air morose. À côté d'elle, sa lectrice[13] lui lisait un roman qu'elle écoutait d'une oreille distraite.

---

13. Personne dont le travail était de lire à voix haute.

– Babet ! dit-elle en jetant son point de croix. Louise, ordonna-t-elle à la domestique, veuillez nous laisser.

– Vous semblez toute triste, s'étonna Élisabeth alors que la lectrice sortait. Vous qui êtes si gaie, d'ordinaire. Que vous arrive-t-il ?

La jolie reine commença par hausser négligemment les épaules. Elle se leva, regarda par la fenêtre, et finalement se retourna pour avouer :

– Oh, après tout, Babet, vous n'êtes plus une petite fille... Il m'arrive que la naissance toute proche du bébé de Marie-Thérèse, notre belle-sœur, me cause du souci.

– Pourquoi ? Elle me paraît en bonne santé...

– Bien sûr que oui ! Ce qui m'ennuie, c'est qu'elle risque de mettre au monde un fils, après seulement un an et demi de mariage. Or, votre frère et moi... n'avons toujours pas d'enfant... au bout de cinq années.

Elle soupira à fendre l'âme et reprit :

– On se moque déjà de moi. Je les entends, tous ces courtisans, dans les couloirs de Versailles... Ils me reprochent de trop m'amuser, de ne pas m'occuper assez des affaires de l'État. Il y en a même qui conseillent à votre frère de me répudier pour épouser une autre princesse. Une princesse qui resterait toujours à sa place. Une... une princesse bien ennuyeuse, comme Marie-Thérèse, ou encore comme Marie-Joséphine, l'épouse de Louis-Stanislas.

Élisabeth sursauta, le souffle coupé. Mme de Marsan en avait parlé. C'était donc vrai ?

– Mais, souffla-t-elle, pourquoi Louis-Auguste se séparerait-il de vous ?

– Parce que c'est son droit. Un roi doit avoir des héritiers. Quant aux reines, leur principal rôle est de faire des enfants ! Et... et moi... je n'en ai pas ! On me renverra sûrement dans mon pays, couverte de honte, ou on m'enfermera dans un couvent...

Voilà que Marie-Antoinette pleurait! Élisabeth, la voyant si triste, passa ses bras autour de sa taille pour la serrer contre elle.

– Louis-Auguste vous aime, lui glissa-t-elle. Il ne vous a pas épousée juste par devoir, il vous aime. Jamais il ne vous répudiera.

Marie-Antoinette sourit entre ses larmes. Elle eut un hoquet, reprit ses esprits et repoussa la princesse :

– Pourquoi me rendez-vous visite, ma Babet? À vrai dire, je ne suis guère d'humeur à sortir me promener, et encore moins à papoter.

– Je ne vous ennuierai pas longtemps. Tout d'abord, pouvez-vous donner cette lettre à mon frère?

Marie-Antoinette soupira :

– Vous savez bien que je ne peux intervenir dans cette affaire de mariage avec le petit-fils du roi du Portugal[14]...

---

14. Voir tome 6, *Un cheval pour Élisabeth*.

– Non ! Il s'agit d'autre chose. D'ailleurs, je vous autorise à en prendre connaissance. Il s'agit de Clotilde.

– Entendu, Babet.

– Ensuite, je suis à la recherche d'un ouvrage, les *Lettres de Madame de Sévigné*, l'auriez-vous ?

La jeune reine saisit la lettre et haussa les épaules :

– Je n'en sais trop rien. Regardez et prenez ce que vous voulez...

Élisabeth se dirigea vers la petite pièce attenante au salon. Après avoir consulté les rayonnages, elle dut se rendre à l'évidence : le livre n'y était pas.

De retour dans l'antichambre où l'attendait Angélique, elle pesta :

– Marie-Antoinette ne le possède pas. Où le trouverons-nous ?

Tout à coup, Angélique se redressa :

– Mais... et pourquoi pas là où on achète les livres ? Dans une librairie ! Nous aurions dû y songer plus tôt !

Élisabeth sauta de joie, avant d'attraper son amie par le cou pour l'embrasser sur la joue.

– Nous irons dès cet après-midi ! Enfin, si ta mère est d'accord...

Chapitre 9

Dès que Guillaume et Théo furent arrivés, ils partirent tous ensemble dans les rues de Versailles jusqu'à une grande librairie. Ils en ressortirent tout heureux avec les *Lettres de Madame de Sévigné*.

De retour au château, ils sortirent la feuille où ils avaient collé les morceaux de la lettre déchirée.

– Sous « Ma chère femme », il y a 7, suivi d'un tiret, puis des nombres 47 et 48, lut Angélique.

– Regardons page 7, proposa Théo.

Guillaume ouvrit l'ouvrage. À la page 7, il chercha les 47ᵉ et 48ᵉ mots.

– « Réduit », « son ». Ça ne veut rien dire !

– Essayons la suite. Page 56 - 38, 96.

– « Chemise », et « vous », énuméra Théo. Non, décidément, ça ne marche pas. Ces nombres doivent désigner autre chose. Et s'il fallait juste prendre l'initiale de chaque mot ?

Élisabeth souffla de déception :

– Ce n'est pas ça non plus. Cela nous donnerait : « RSCV ».

– Ce code est beaucoup plus compliqué que nous l'avions cru, renchérit Angélique. Nous n'y arriverons pas. Il faudrait qu'un spécialiste nous aide.

– Un spécialiste ? lança Guillaume.

Il arborait un grand sourire. Puis il poursuivit de son accent chantant :

– Un spécialiste, j'en connais un. Vous savez que M. de Sainte-Colombe est un de mes cousins par alliance. Figurez-vous que mes parents m'ont raconté qu'il fut l'un des meilleurs espions de Sa Majesté Louis XV...

C'était si incroyable qu'Élisabeth se mit à pouffer, les deux mains plaquées devant sa bouche.

– Un ancien espion ? Ce petit bonhomme haut comme deux pommes ?

Et elle éclata de rire ! Le sourire de Guillaume se figea. Il n'aimait pas que l'on se moque de sa famille, même s'il s'agissait d'un cousin de cousin plutôt éloigné. Aussitôt, il défendit le vieillard :

– Apprenez, Madame, qu'un espion n'est efficace que s'il passe inaperçu. Autrefois, M. de Sainte-Colombe était très apprécié de votre grand-père. C'est pour cela que, devenu vieux, il lui a confié ce poste d'archiviste. Aujourd'hui, il s'occupe des documents importants de l'histoire de notre royaume.

Voyant qu'elle l'avait vexé, Élisabeth s'empressa de s'excuser :

– Vous avez raison. M. de Sainte-Colombe devait être très doué, car personne ne pourrait le soupçonner d'avoir appartenu aux services secrets. Eh bien, demandons-lui conseil !

Par chance, la sous-gouvernante ne s'y opposa pas, et ils filèrent sous les toits de l'aile du Midi. Le vieillard parut tout étonné de trouver la petite troupe devant sa porte.

– Ah mais, n'est-ce pas Madame et ses amis ? Guillaume ! Comment allez-vous, mon cousin ? Vous habituez-vous à la Cour ? Ce n'est guère facile, lorsqu'on arrive de province...

Il les fit entrer dans la pièce encombrée de papiers poussiéreux. Le temps de dégager

deux chaises pour les demoiselles, et Guillaume se lança :

– Je sais, monsieur, que vous n'aimez guère
vous vanter de votre passé si glorieux...

Le vieil homme toussota, avant de l'observer
par-dessus ses bésicles. Son regard d'ordinaire
doux se fit sévère. Il semblait dire : « Allez-vous
donc vous taire, galopin ! Vous parlez trop ! »

Élisabeth se leva pour s'approcher de lui.
Elle le dépassait d'une bonne tête.

– Monsieur, puisque vous êtes... archiviste,
nous aurions besoin de votre avis sur un
document.

– De quel genre, je vous prie ? répliqua-t-il
d'un ton soupçonneux.

– Du genre de ceux que vous utilisiez
autrefois.

Et elle lui mit sous le nez la lettre recons-
tituée. Le vieillard sursauta. Il s'en saisit et
demanda :

– Où avez-vous trouvé ceci ?

– Vous nous avez appris qu'Oscar Fisher avait volé la montre de l'empereur d'Autriche...

– C'est exact, répondit-il sur la défensive.

– Avant de disparaître, il a envoyé ce message à son épouse. Elle n'a pu le décrypter. Sa servante nous a dit que ces initiales étaient celles d'un titre de livre, et que ces nombres représentaient des numéros de page, ainsi que des mots formant un message... Qu'en pensez-vous ?

Il y eut un long silence. Le vieil homme s'assit à son bureau. Il bouscula au passage son encrier, qui manqua se renverser et qu'il rattrapa au vol. Il semblait ému. Après avoir réfléchi, il reconnut :

– C'est effectivement un code. La personne qui crée le message et celle qui le reçoit utilisent le même livre, l'une pour le coder, l'autre pour le décoder.

– D'après la servante, Mme Fisher ne possédait pas d'ouvrage dont les initiales sont LDMDS.

– Mais nous, si, intervint joyeusement Théo. Le voici.

Et il sortit de sa poche les *Lettres de Madame de Sévigné*, avant de poursuivre :

– Seulement, cela ne donne rien... Peut-être existe-t-il un autre LDMDS ?

M. de Sainte-Colombe poussa un soupir. Il gratta les cheveux de sa perruque, qui glissa sur sa tête en dévoilant son crâne chauve. Puis il pinça ses bésicles sur son nez. Après avoir observé le message, il se reporta à la page 7, tout comme les jeunes gens l'avaient fait avant lui. Il suivit les lignes du bout de son vieux doigt fripé et compta les mots qu'il nota sur un papier. À le voir faire, on se rendait compte qu'il n'en était pas à son coup d'essai.

Cependant, il dut admettre, lui aussi, que le message ne voulait rien dire.

– Bigre ! s'écria-t-il. Voilà qui est curieux... À moins que...

Il se tut, et retourna à la première page, celle du titre.

– À moins que quoi ? s'inquiéta Élisabeth.

– Regardez, Madame. Que lisez-vous, là ? demanda-t-il en montrant une ligne du doigt.

– Eh bien... une date, 1770. Pourquoi ?

– Cet ouvrage a été imprimé après la disparition d'Oscar Fisher. L'horloger n'a donc pas pu l'utiliser.

Les jeunes gens se regardèrent, bouche bée.

– Imaginez, reprit-il, que ce livre soit plus grand, ou au contraire plus petit, que celui de M. Fisher. La mise en page serait différente...

– Alors, en conclut Angélique, nous devons nous procurer un exemplaire plus ancien ?

– Oui, mademoiselle, de dix ans au minimum. Justement, il se trouve que j'en possède un.

Cinq cris de joie lui répondirent !

Il se leva péniblement et vacilla sur ses jambes. Aussitôt, Théo et Guillaume se précipitèrent pour l'aider.

– Merci, mes garçons. Allons jusqu'à ce buffet.

Puis, suivant ses indications, les deux pages commencèrent à vider le meuble. Il y avait des dizaines de livres ! Mais aussi des dossiers pleins de papiers, des plans enroulés... Cela souleva un tel nuage de poussière que tout le monde se mit à tousser.

– Le voilà ! s'écria Théo.

– Voyez, leur dit l'archiviste en regagnant son bureau. Celui-ci date de 1754.

Il se frotta les mains de contentement et tendit à Élisabeth de quoi écrire.

– Donc page 7, attaqua-t-il. Je compte jusqu'à 47 et 48… Cela nous donne… « je »… « suis ».

– Voilà qui commence bien ! s'enthousiasma Élisabeth en notant le résultat.

– Page 56, annonça Théo, mots 38 et 96.

– « Malade », « j'ai »…

– 43 - 74, 82.

– « Confié », « la »…

– Page 63 - 51 et 162.

– « Montre », « à ».

– 13 - 6

– « Germain »…

Élisabeth releva la tête d'un air surpris :

– Ça alors ! Il a écrit qu'il est malade et qu'il a confié la montre à son ouvrier ! Ce Germain Bricard mentait lorsqu'il disait que Fisher avait disparu avec le bijou !

– Madame, l'arrêta l'archiviste, décryptons l'ensemble du message avant de porter des accusations. Poursuivons, je vous prie.

Une heure plus tard, Élisabeth leur lut le résultat à haute voix :

– *« Ma chère femme, je suis malade. J'ai confié la montre à Germain qui la donnera à ma place à l'empereur Joseph II. J'ai fait une grave chute dans l'escalier de l'auberge. Mon dos est cassé, mes jambes ne bougent plus. Le médecin que j'ai vu ne me laisse guère d'espoir. Je suis entre les mains de*

Dieu. S'il m'arrivait malheur, je veux que tu saches que je vous aime plus que tout, toi et notre fille. Germain m'a promis de prendre soin de vous. Ton dévoué Oscar. »

Après le dernier mot, un grand silence se fit. Tous avaient le nez baissé. M. de Sainte-Colombe soupira avant de lâcher :

– À mon sens, Oscar Fisher est mort de ses blessures à Vienne...

– Oui, approuva Élisabeth. Et Germain Bricard a dû voler la montre avant de rentrer en France... Il a inventé cette histoire de disparition.

– Je crois, déclara Guillaume, qu'il est temps de réclamer des comptes à ce monsieur. Il a menti, ça, c'est sûr !

Comme les jeunes gens se levaient d'un air déterminé, l'archiviste les arrêta :

– Tout doux, mes enfants. Ce n'est point à vous de le faire, mais à la Prévôté[15]. J'y ai encore quelques connaissances. Allons-y ensemble.

---

15. Équivalent de notre police.

Élisabeth manqua protester. Le bonhomme était si âgé, si lent, qu'il lui faudrait huit jours rien que pour descendre l'escalier ! Cependant, elle n'osa rien dire. Elle le vit se redresser avec difficulté, ses vieilles mains appuyées sur la table. Par chance, Théo et Guillaume l'aidèrent.

Arrivé à la porte, il déclara :

– N'ayez crainte, je ne vous retarderai pas. Au bout de ce couloir, il y a ma chaise et mes valets. Courez les chercher !

Guillaume se dépêcha. Effectivement, il découvrit deux grands costauds qui jouaient aux cartes, assis à même le plancher. À côté d'eux se trouvait une petite chaise à porteurs[16]. Ils se levèrent, rangèrent leur jeu et se hâtèrent d'apporter le véhicule devant le bureau. Le vieillard s'y installa. Il en claqua la portière couverte d'un joli dessin fleuri, avant d'ordonner en se penchant à la fenêtre :

---

16. Ancien véhicule à une place en forme de siège, fermé et couvert, porté par deux personnes au moyen de deux longs bâtons.

– En route, mes braves !

Les deux domestiques soulevèrent la chaise
et partirent aussitôt. Élisabeth fut bien surprise de les voir emprunter l'escalier ! Voilà
qui était très dangereux. Cependant, ils s'en
tiraient avec aisance, tandis que leur maître
les encourageait :

– Plus vite, mes braves ! La justice n'attend
pas !

La petite troupe les suivait en dévalant les marches. Malgré leur enthousiasme, Angélique protesta :

– Et ma mère ? Il faut la prévenir !

– Plus tard ! crièrent les trois voix de ses amis.

– Nous n'avons pas le droit de quitter le château sans autorisation...

– Eh bien, répliqua Élisabeth en soulevant ses jupes à deux mains pour descendre plus vite, va le lui dire, si tu veux ! Moi, je me rends à la Prévôté...

– Nous serons punis.

– Tant pis !

Angélique s'arrêta. Mais, voyant que les autres suivaient toujours la chaise à porteurs, elle s'écria :

– Hé ! Attendez-moi !

Chapitre 10

Une heure plus tard, Germain Bricard était ramené à la Prévôté par deux soldats. Lorsqu'il vit les jeunes gens, il poussa un profond soupir de désespoir. Avant même qu'on ne l'interroge, il avoua :

– Je savais que cette histoire finirait mal ! Depuis dix ans, aucun jour ne passe sans que je me dise que j'ai eu tort.

Et il soupira de nouveau, le dos voûté, son chapeau à la main. Élisabeth le pressa :

– Que s'est-il passé à Vienne ? Oscar Fisher est-il décédé ?

– Hélas, oui. Je l'ai trouvé mort, un beau matin, dans son lit... J'ignore ce qui m'a pris... Je n'étais qu'un simple ouvrier, mais mon maître m'avait enseigné tout son art. Avec le temps, j'étais devenu aussi doué que lui. Mais je n'avais pas d'argent pour ouvrir ma propre boutique... Alors j'ai décidé de voler la montre et j'ai raconté qu'il s'était enfui avec.

Un des policiers le poussa vers un siège. Il s'y effondra, le regard empli de détresse.

– J'ai fait enterrer mon maître sous un faux nom, puis je suis rentré en France. Comme il avait envoyé une lettre à son épouse avant sa mort, j'ai couru chez elle dès mon arrivée. Par chance, elle ne l'avait pas encore reçue. Elle pleurait... J'en ai profité pour dérober, dans le bureau, le livre qui servait à décrypter le code. Ainsi, j'étais sûr qu'elle ne parviendrait jamais à savoir ce que contenait le message.

– Mais, s'indigna l'archiviste, vous deviez bien imaginer que cette pauvre femme souffrirait de se croire abandonnée !

Bricard baissa le nez d'un air coupable :

– Je ne l'ai compris que trop tard. De mon côté, j'étais si heureux ! J'ai ôté les pierres précieuses de la montre. En les vendant, j'ai obtenu assez d'argent pour acheter un beau magasin. En peu de mois, je suis devenu un des horlogers les plus recherchés de Versailles. Un jour, je suis retourné voir Mme Fisher… Je l'ai trouvée malade, désespérée… Le roi venait de lui prendre presque toute sa fortune pour se rembourser de ce vol. J'ai failli tout avouer, tant je me sentais honteux… Puis, de nouveau, j'ai pensé que j'allais être riche et célèbre sous peu. Je me suis juré de lui rendre ses biens, de prendre soin d'elle et de sa fille… Ne l'avais-je pas promis à son époux ? Mais elle est morte de chagrin peu après… Alors j'ai décidé de m'occuper d'Arabelle.

– Par votre faute, l'accusa Théo, Arabelle n'a plus de parents. Elle n'a pas de dot, plus d'honneur, pas d'avenir. Que deviendra-t-elle, toute seule au fond des bois ?

– Je comptais lui trouver un mari dès qu'elle en aurait l'âge ! Ne lui ai-je pas payé des études dans un couvent ?

– Encore heureux que vous ne l'ayez pas laissée mourir de faim ! s'emporta Élisabeth.

L'horloger leva vers elle des yeux implorants :

– Je lui rendrai tout l'argent, je vous le promets !

– Ah çà, c'est sûr ! ricana Guillaume. Et vous ferez de l'horlogerie en prison !

Mais un homme richement habillé venait d'entrer. Élisabeth reconnut aussitôt le marquis de Sourches, le Grand Prévôt de France. L'homme lui adressa une profonde révérence.

– Que faites-vous ici, Madame? Ce n'est point la place de la sœur du roi. Je vais vous faire raccompagner au château.

Puis il remarqua le petit vieillard:

– M. de Sainte-Colombe? s'étonna-t-il. Auriez-vous... repris votre ancienne profession?

– Hum... Non, je sers d'escorte à Madame. Nous possédons des preuves contre ce Bricard. Il a accusé son maître à tort, voilà des années, et a causé le malheur de toute une famille.

– Arabelle! s'écria Élisabeth. Il faut lui apprendre la nouvelle! Voulez-vous nous raccompagner au château, monsieur de Sainte-Colombe? Vous en profiterez pour nous raconter vos... aventures d'autrefois.

Le vieil homme toussota avant de répondre avec de grands yeux faussement innocents:

– De quoi parlez-vous? Je ne suis qu'un modeste archiviste...

– Oui, bien sûr ! répliqua-t-elle d'un air entendu. Alors, venez-vous ?

– Ce sera avec plaisir.

Ils retrouvèrent la sous-gouvernante, fort inquiète. Élisabeth imagina aussitôt que c'était parce qu'elle avait disparu sans la prévenir. Elle s'apprêtait à lui demander pardon lorsque Mme de Mackau lui déclara :

– Mme de Marsan a été convoquée par votre frère le roi. En sortant de chez lui, elle est venue me voir. Elle était furieuse ! J'ai pensé que vous aviez commis quelque bêtise et qu'elle voulait me renvoyer... Eh bien, non. Elle ne m'a même pas demandé où vous vous trouviez. Elle m'a annoncé une nouvelle... Une nouvelle... Vous n'allez pas en croire vos oreilles ! Elle démissionne de son poste !

– Quoi ? !

– Parfaitement. Elle dit qu'elle en a assez des intrigues de la Cour, assez de ce travail épuisant, de devoir vous donner une éducation, à vous et à votre sœur. Elle a décidé d'accompagner Madame Clotilde jusqu'au Piémont. Après quoi, une fois votre sœur installée dans son nouveau pays, elle reviendra en France où elle prendra sa retraite...

La princesse ne put s'empêcher de rire à gorge déployée ! Sa lettre à Louis-Auguste avait fait son effet. Elle se mit même à danser de joie !

– Mon frère a dû la disputer, et pas qu'un peu ! À présent, elle n'osera plus martyriser ma sœur !

Puis elle s'inquiéta :

– Mais qui deviendra gouvernante des Enfants de France à sa place ?

– Une femme de sa famille, ainsi que le veut la coutume. Comme elle n'a pas de fille, ce sera sans doute Mme de Guémené, sa nièce.

La femme soupira, le regard empreint de gravité :

– J'espère que l'on me gardera auprès de vous...

– Bien sûr ! répliqua Élisabeth en se jetant dans ses bras. Le roi et la reine vous apprécient beaucoup, et je refuse de me séparer de vous !

Et elle poursuivit :

– À moi de vous apprendre une nouvelle ! Nous avons décrypté la lettre de M. Fisher. Son employé, Germain Bricard, est enfermé à la Prévôté. C'est lui qui a volé la montre ! Il nous reste un peu de temps avant le repas de ce soir... Pouvons-nous aller l'annoncer à Arabelle ? Elle retrouvera sous peu une partie de sa fortune, ainsi que son honneur.

La sous-gouvernante se mit à rire de bon cœur. Elle attrapa un châle et déclara, ravie :

– Allons-y...

Arabelle fut bien surprise ! Élisabeth lui tendit tout d'abord la lettre codée en piteux état :

– Je suis désolée, s'excusa-t-elle, nous avions promis d'en prendre soin.

Et, avant que la jeune fille ne réplique, elle lui en présenta une autre :

– Voici la traduction du message...

Arabelle s'en saisit et commença à lire. Ses yeux s'emplirent de larmes :

– Papa est mort, n'est-ce pas ? Il ne s'est pas enfui ! C'est donc Germain, ce bon Germain, qui a tout manigancé ?

– Oui. Il n'était pas si bon que ça, bien qu'il vous ait aidée... Son amour de l'argent a été plus fort que l'amitié qu'il portait à votre famille. Vous allez bientôt retrouver votre fortune.

La vieille Josépha s'en revenait de la cuisine avec un plateau. Mignon trottait derrière elle, la bave aux babines. Le minuscule Biscuit parut ravi de le revoir ! Il se précipita pour lui faire la fête. Aussitôt, le molosse se mit à jouer avec lui.

– Dieu soit loué ! s'écria la servante. Cette maison va reprendre vie grâce à vous. La prochaine fois que vous viendrez, nous pourrons vous offrir du café à la place de cette infusion de tilleul, et je vous ferai des gâteaux !

– Je me moque de retrouver notre argent, lui répondit Arabelle en serrant la lettre contre elle comme un précieux trésor. Il ne nous a pas abandonnées ! Sais-tu ce que papa a noté ? Qu'il nous aimait... Cela vaut toutes les fortunes du monde !

Et elle se mit à rire... Voilà des années que les murs de cette maison n'avaient plus entendu de sons aussi joyeux ! La brave Josépha en eut un large sourire, qui dévoila son unique dent jaune...

– Le bonheur revient, souffla-t-elle avec émotion.

 Les grandes charges de l'État

Le Grand Prévôt, le Grand Chambellan, le Grand Écuyer ou la gouvernante des Enfants de France étaient choisis parmi la plus haute noblesse.

Le roi leur offrait un bel appartement au château, une pension (une sorte de salaire) et de nombreux privilèges. Les plus importants de ces avantages étaient d'approcher la famille royale, et de pouvoir transmettre un jour ce poste, ou « charge », à leurs descendants. Ainsi, les marquis de Sourches furent Grands Prévôts pendant cinq générations. Quant au poste de gouvernante des Enfants de France, il est passé de mère en fille, petite-fille, nièce ou cousine pendant plus d'un siècle.

Certains courtisans étaient prêts à tout pour garder leur charge. Lorsque le comte de Brionne, Grand Écuyer, est décédé en 1761, son fils n'avait que 9 ans. Louis XV autorisa alors exceptionnellement Mme de Brionne à occuper ce poste tant que l'enfant serait mineur. Pendant dix ans, elle se leva chaque matin à 5 heures pour surveiller les écuries. Elle suivit les chasses avec le roi, géra les bâtiments, dirigea l'école des pages et participa aux cérémonies officielles !

Lorsqu'un de ces grands serviteurs souhaitait quitter ses fonctions, il choisissait lui-même son successeur. C'est ce que fit Mme de Marsan en 1775. Elle présenta au roi Mme de Guémené, sa nièce, qui fut aussitôt acceptée. Hélas, quelques années plus tard, l'époux de cette dernière causa un énorme scandale et tous deux furent obligées de démissionner...

Élisabeth
princesse à Versailles

Nous sommes en 1774, Élisabeth a 11 ans et c'est la petite sœur de Louis XVI. Orpheline de bonne heure et benjamine de la fratrie, Élisabeth est la chouchoute de la famille et elle sait en jouer. Avec sa grande amie, Angélique de Mackau, elle va être amenée à résoudre bien des intrigues à la Cour de Versailles.

1 Élisabeth et Angélique mènent l'enquête à la Cour de Versailles pour résoudre le vol d'un précieux tableau.

3 L'enquête continue pour Élisabeth. Parviendra-t-elle à retrouver le tableau disparu? Mais attention, Maurice rôde...

2 L'heure est grave, Colin, le jeune valet d'Élisabeth, est accusé de vol. Comment prouver son innocence?

4 Alors qu'à Versailles tout le monde se prépare pour le grand bal, Biscuit, le petit chien d'Élisabeth, disparaît mystérieusement...

5 Il neige à Versailles ! Élisabeth ne s'est jamais autant amusée. Mais qu'est devenu le frère de Margot, la petite orpheline ?

6 Des visiteurs à Versailles ! Élisabeth réussira-t-elle à apprivoiser Éclipse, la jument offerte par l'ambassadeur de Libye ?

7 Des bandits préparent un mauvais coup... Élisabeth réussira-t-elle à les arrêter ?

8 Le collier de Mme de Marsan a disparu ! Le lui aurait-on volé ?

9 Qui est Arabelle ? Pourquoi vit-elle recluse ? Élisabeth va tout faire pour le découvrir...

10 Un courrier du roi a été intercepté. Élisabeth parviendra-t-elle à le récupérer ?

11 Élisabeth rencontre Bertille, une jeune fille à la recherche d'un trésor caché... Vont-elles le trouver à temps ?

12 En visite au musée du Louvre, Élisabeth se lie d'amitié avec une jeune peintre. Ensemble, elles essaieront de démasquer un faussaire !

13 Pour réconforter Élisabeth, des jeux équestres sont organisés à Versailles. Qui sera le grand vainqueur ?

À paraître en avril 2019.

Lis très vite les nouvelles aventures d'Élisabeth !
Tome 14 à paraître en septembre 2019.

16/23 MB

dès 8 ans.

Découvre aussi les aventures de **Jean** petit marmiton au château de Versailles.

Conception graphique : Delphine Guéchot

Imprimé en France par Pollina S.A en février 2019 - 88470D
Dépôt légal : janvier 2018
Numéro d'édition : 22790 / 03
ISBN : 978-2-226-40104-5